AF542645

MYRTIL ET LYCORIS,

PASTORALE,

REPRÉSENTÉE POUR LA PREMIERE FOIS A FONTAINEBLEAU, *En Novembre 1777*,

ET PAR L'ACADÉMIE ROYALE DE MUSIQUE, Le Mardi 2 Décembre 1777.

Et fugit ad salices, & se cupit ante videri. Virg. Eglogue.

PRIX XII SOLS.

AUX DÉPENS DE L'ACADÉMIE.

A PARIS. Chés P. DE LORMEL, Imprimeur de ladite Académie, rue du Foin, à l'Image Sainte Genevieve.

On trouvera des Exemplaires du Poëme à la Salle de l'Opéra.

M. DCC. LXXVII.

AVEC APPROBATION ET PRIVILEGE DU ROI.

Les Paroles ſont de MM. BOCQUET & BOUTELLIER.

La Muſique eſt de M. DESORMERY.

ACTEURS ET ACTRICES
CHANTANTS DANS LES CHŒURS.

CÔTÉ DU ROI.

Meſdemoiſelles,

- Veron.
- d'Hautrive.
- Dubuiſſon.
- Duſſée.
- Garrus.
- Rouxelin.
- Sanctus.
- Prévot.
- St. Aubin.
- Victoire.

Meſſieurs.

- Cailteau.
- Héri.
- Lagier.
- Martin.
- le Grand.
- Vattelin.
- Lanctin.
- Boi.
- Jouve.
- Huet.
- Moulin.
- Itaſſe.
- Tacuſſet.
- Bouvard.

CÔTÉ DE LA REINE.

Meſdemoiſelles.

- d'Agée.
- des Roſières.
- Chenais.
- Conſtance.
- Laurence.
- Perinot.
- Lamboley.
- Iſidore.
- Gavaudan, c.

Meſſieurs.

- Candeille.
- Tourçati.
- Capoi.
- Larlat.
- Pouſſez.
- Lhôte.
- Méon.
- Cleret.
- Parent.
- Jalaguier.
- Bayon.
- de Lori.
- Fagnan.
- Joinville.

ACTEURS.

MYRTIL, *jeune Berger*,		Mr. Lainée.
LYCORIS, *jeune Nymphe*,		Mlle. Beaumesnil.
CHLOÉ,	*Bergeres*,	Mlle. Gavaudan.
ISMENE,		Mlle. le Bourgeois.

BERGERS, BERGERES.

FAUNES ET SYLVAINS.

NYMPHES ET DRYADES.

PASTRES ET PASTOURELLES.

La Scène est dans l'Isle de Delos.

PERSONNAGES DANSANTS.

BERGERS & BERGERES.

M. VESTRIS, p. Mlle. GUIMARD.

M. VESTRIS, f. Mlle. CÉCILE.

Mrs. BARRÉ, OLIVIER.

Mlles. VICTOIRE, MULLER.

Mrs. Caſter, Guillet, Clerget, Delahaye, Blanche, Desbordes.

Mlles. Eſther, Duval, Violette, Carré, le Blanc, Thiery.

FAUNES.

M. GARDEL, l. Mlle. HEINEL.

Mrs. le Breton, Simonet, Petit, Ducheſne, Leger, Abraham.

NYMPHES DES BOIS.

Mlles. Thevenet, Auguſte, Belletour, Courtois, c. Jouveau, le Blanc.

PASTRES & PASTOURELLES.

M. DAUBERVAL.

Mlles. ALLARD, PESLIN.

Mrs. Doſſion, Giguet, Duſſel, Largilliere.
Mlles. Vilette, Henriette, Courtois, l'Auberte.

MYRTIL ET LYCORIS.

(Le Théâtre représente au fond une campagne agréable ; d'un côté des Rochers formants plusieurs détours, & dont le sommet est couvert de bois fleuris ; au pied de l'un de ces rochers sort une source qui forme une espèce de fontaine, de l'autre côté un bocage & un hameau.)

SCÊNE PREMIERE.

LYCORIS, *seule.*

L'ART de charmer,
N'est pas toujours celui de bien aimer.

De la ruſe tentons l'uſage ;
Mon cœur te rend hommage :
Permets, Amour,
Cet innocent détour,
Pour toucher l'Amant qui m'engage !
L'art de charmer
N'eſt pas toujours celui de bien aimer.

En ce moment, Dieu de Cythère,
Je ſens que ton flambeau m'éclaire :
Tu ne pouvais, pour m'engager,
Choiſir un plus charmant Berger.
Myrtil eſt fait pour plaire ;
Mais l'art de charmer
N'eſt pas toujours celui de bien aimer.

Je veux venger les Belles qu'il outrage ;
Myrtil n'eſt point Amant :
Imitons la fierté, répétons le langage
De ce Berger indifférent :
C'eſt pour en triompher, peut-être,
Le ſeul moyen qu'amour me fait connaître.
(*Simphonie champêtre.*)
Myrtil s'avance dans ces lieux !
Le ſon de ces haut-bois ſemble annoncer des jeux...
Retirons-nous ; j'apperçois des Bergeres
Sur ſes pas, s'empreſſer par leurs danſes légères....

Myrtil

Myrtil est l'objet de leurs vœux,
Il n'est pas tems encor de m'offrir à ses yeux.

(*Elle sort.*)

SCÈNE II.

MYRTIL, CHLOÉ, ISMÈNE,

BERGERS ET BERGERES.

CHŒUR, pendant lequel on danse.

AU Dieu d'Amour, Berger, rendés les armes,
Pourquoi vous défendre d'aimer?
Bannissés de vaines allarmes;
Le bonheur est de s'enflammer.

CHLOÉ.

Si l'Amour dans ses chaînes
Cause quelques tourmens;
Si l'on se plaint de ses peines,
C'est quelquefois la faute des Amans.

LE CHŒUR.

Au Dieu d'Amour, &c.

ISMÈNE.

Tôt ou tard il faut se rendre,
Tout doit aimer;

On doit avoir un cœur tendre,
Quand on a le don de charmer.

LE CHŒUR.

Tôt ou tard, *&c.*

MYRTIL.

Je fuis les loix du Dieu de la tendresse;
Pourquoi chercher à m'engager?
L'amour n'a rien qui m'intéresse,
Des traits dont il blesse
J'ignore la douceur, mais je crains le danger.

ISMÈNE.

D'une rose
Fraîche éclose,
Nous brûlons de jouir;
Les armes qu'elle oppose
Irritent notre desir.
Au péril on s'expose,
Et l'on ôse
La ravir:
L'attente du plaisir
Qui nous entraîne,
Nous fait braver la peine
Qu'on trouve à la cueillir.

De l'Amour telle eſt l'image ;
L'on s'arme en vain de courage,
Pour réſiſter à ſes appas :
Ce Dieu, ſûr de l'avantage,
Sourit, & répete tout bas.

D'une roſe, *&c.*

LE *CHŒUR.*

Tôt ou tard il faut ſe rendre,
Tout doit aimer ;
On doit avoir un cœur tendre,
Quand on a le droit de charmer.

(*Danſe des* BERGERS *&* BERGERES *qui peignent à* MYRTIL, *dans leurs jeux, les plaiſirs d'un amour mutuel. Tous ſe grouppent pour enchaîner* MYRTIL *avec des guirlandes de fleurs.*)

CHLOÉ.

Berger trop inſenſible,
Cédés, faites un choix.

ISMÈNE.

Non, il n'eſt pas poſſible
Qu'Amour ſur vous n'ait point de droits.

CHLOÉ.

Nommés l'aimable Nymphe, ou l'heureuſe Bergere
Qui ſçait vous enflammer.

ISMÈNE.

Songés que le bonheur de plaire
N'eſt rien ſans le plaiſir d'aimer.

ENSEMBLE.

Berger trop inſenſible,
Cédés, faites un choix :
Non, il n'eſt pas poſſible
Qu'Amour ſur vous n'ait point de droits.

MYRTIL.

Ceſſés, Bergers, ceſſés de prendre
A mon deſtin un intérêt ſi tendre ;
Je voudrais répondre à vos vœux ;
Mais mon cœur ne ſçaurait remplir votre eſpérance.
Flatté de tous vos ſoins, enchanté de vos jeux,
Il ne peut vous offrir que ſa reconnaiſſance.

ISMÈNE & CHLOÉ, avec LE *CHŒUR.*

C'eſt trop ſouffrir ces mépris odieux ;
Fuyons : Amour, c'eſt toi que l'on offenſe.

BERGERES.

Venge-toi, venge-nous } de ſon indifférence.

BERGERS.

Venge-les, venge-toi } de ſon indifférence.

(*Ils ſortent tous avec dépit.*)

SCÊNE III.

MYRTIL, seul.

ENfin je ſuis libre en ces lieux !
Le ſilence de cet aſyle
Convient à mon âme tranquille....
Mais de la Nymphe qu'une fois
Le haſard m'offrit dans ces bois,
Pourquoi me retracer une agréable image ?
Ah ! ſi jamais l'amour me preſcrivait un choix,
Elle ſeule auroit mon hommage....
Que dis-je ? eh ! quel eſt ce langage ?
Un cœur indifférent devrait-il le tenir ?
De cet objet chaſſons juſques au ſouvenir.

En ce ſéjour mon cœur eſt ſans alarmes,
J'y trouve ma félicité ;
Il perdrait bien-tôt de ſes charmes,
Si je perdais ma liberté.
L'Amour n'eſt qu'un triſte eſclavage ;
Je ſuis heureux, rien ne m'engage....
Mais de la Nymphe qu'une fois
Le haſard m'offrit en ces bois,
Pourquoi toujours me retracer l'image ?

C'eſt trop m'en occuper.... je ne la verrai plus,
Pourquoi nourrir des regrets ſuperflus?

En ce ſéjour, mon cœur eſt ſans alarmes,
J'y trouve ma félicité;
Il perdrait bien-tôt de ſes charmes,
Si je perdais ma liberté.

Sur ce gazon, le frais de cet ombrage
Invite aux douceurs du repos.

(*MYRTIL s'aſſied au bord de la fontaine & cherche à s'endormir.*)

SCÈNE IV.

MYRTIL, LYCORIS, *au fond du Théâtre.*

LYCORIS, à part.

MYrtil eſt ſeul en ce bocage!
Du ſommeil, ſur ſes yeux, diſſipe les pavots,
Amour! protège, au moins, l'eſpoir qui me ſeconde.

(*Elle monte ſur le rocher, au pi ed duquel MYRTIL eſt aſſis, & regarde furtivement.*)

MYRTIL.

Que le pur criſtal de cette onde,
A l'abri de Borée & des chaleurs du jour,
Retrace bien la paix profonde
D'un cœur qui fuit l'Amour.

LYCORIS, cachée aux yeux de MYRTIL, *répete ces derniers mots.*

Qui fuit l'amour !

MYRTIL.

Qu'entends-je ?... De ces lieux qui trouble le ſilence ?
Eſt-ce l'écho qui répond à ma voix ?

O ! toi que l'univers encenſe,
Pour me ſoumettre à ta puiſſance,
Dieu de Paphos, prend ton carquois ;
Je te défie....

LYCORIS, de même.

Je te défie.

MYRTIL.

De tes traits fais un choix.

LYCORIS, de même & continue.

Fais un choix ;
Indifférent toute la vie,
Mon cœur ſe ſouſtrait à tes loix.

MYRTIL.

On me répond.... on prévient ma pensée....
Ah! si c'était l'objet.... mais quelle vaine idée....
Ecoutons... on se tait.... Pourquoi vous alarmer,
Nymphe, pourquoi cesser un si charmant langage?
Le bonheur nous prescrit de ne jamais aimer;
Mais quoi, pour n'aimer pas, faut-il être sauvage?

LYCORIS, sans être vue de MYRTIL.

Je dois fuir les dangers que m'offre ce séjour,
Tous les bergers n'y parlent que d'amour.

MYRTIL.

D'un Dieu jaloux de sa puissance,
Pour mieux braver la superbe vengeance,
Avec moi soyés de moitié,
Unissons nos accens, soyons d'intelligence;
Nos cœurs seront soumis à l'amitié.

LYCORIS, de même.

Souvent de l'amitié l'amour prend le langage.

MYRTIL.

D'un sentiment si pur ne prenés point d'ombrage;
Lui seul pour vous vient m'animer.
D'un nœud si doux goûtons les charmes;
Nos plaisirs seront sans alarmes,

Rien

Rien ne pourra nous enflammer.
Nymphe, cédés à mon impatience:
Myrtil vous en conjure, offrés-vous à ses yeux;
Ce n'est point un amant qui veut votre présence ....
Eh! quoi votre amitié se refuse à mes vœux!
Ah! je saurai vous trouver en ces lieux.

(Il sort du côté qu'il a entendu la voix de LYCORIS.*)*

LYCORIS, paroissant sur le premier plan du rocher.

Non, laissés-moi vous éviter sans cesse;
A me suivre, Myrtil, ne vous obstinés-pas.

(Elle disparaît.)

MYRTIL, à la place de LYCORIS, *sur le rocher.*

Quelle rigueur! pourquoi me fuir, hélas?
Ecoutés moins la terreur qui vous presse.

(Il sort.)

LYCORIS, reparaissant aussi-tôt sur le second plan du rocher.

Non, non, je veux vous éviter sans cesse,
A me suivre, Myrtil, ne vous obstinés pas.

(Elle disparaît.)

MYRTIL, à la place de LYCORIS.

Arrêtés. .. vainement vous me fuyés ſans ceſſe,
Un ſentiment vainqueur m'attache ſur vos pas.

(*Il ſort.*)

LYCORIS, ſeule, revenant ſur la ſcène.

Voici l'inſtant de la victoire,
Achève, Amour, il y va de ta gloire.
A ton char Myrtil s'eſt lié,
Il croit céder à l'amitié :
Achève, amour, il y va de ta gloire.

(*Elle ſort & monte ſur le premier plan du rocher, d'où elle épie & regarde furtivement* MYRTIL.)

MYRTIL, rentrant ſur la ſcène.

En vain j'ai parcouru ces lieux....
Un ſort jaloux la dérobe à mes yeux.
Quelle eſt donc cette Nymphe ? Elle rit de ma peine !....
A la chercher quel mouvement m'entraîne ?
Pourquoi formai-je des deſirs !
Elle ſemble en fuyant, m'enlever des plaiſirs.

(*Il regarde de côté & d'autres, & voit l'image de* LYCORIS *qui réfléchit dans l'onde, du haut du rocher où elle eſt.*)

Mais que vois-je? Dieux! quelle image!
Dans le cristal des eaux.... N'est-ce point une erreur?
(*En levant la tête.*)
O Ciel!.... voilà l'objet de mon hommage!
Moment délicieux!

LYCORIS, interdite.

Qu'ai-je fait?

MYRTIL, avec transport.

Mon bonheur:
Je le sens aux transports qui pénètrent mon âme;
L'amour vient d'y lancer tous les traits de sa flâme:
L'instant qui vous offre à mes yeux,
Remplit mon cœur de mille feux.

LYCORIS.

Pour un indifférent, quel étrange langage!
De l'amitié vos chants exprimaient la douceur.

MYRTIL.

D'un sentiment plus vif c'était le faible gage;
Et mon trouble secret annonçait mon vainqueur.
Pour jouir de votre conquête,
Nymphe, quittés votre retraite.
Mille belles en vain ont voulu m'enflâmer,
J'ai su résister à leurs charmes:

Mais en ce jour mon cœur vous rend les armes ;
C'est de vous & pour vous que j'apprends l'art d'aimer.

LYCORIS.

Un instant peut éteindre un feu qu'il a vu naître,
Et Lycoris....

MYRTIL, volant au-devant d'elle.

Ne doit plus disparaître ;
Quand on a vu vos attraits,
Nymphe, le cœur répond de ne changer jamais.

DUO.

Vous avés mon premier hommage,
Je brûlerai toujours des mêmes feux.

LYCORIS.

Si votre cœur n'est point volage,
Il m'est bien doux de couronner vos vœux.

MYRTIL.

La liberté n'a plus pour moi de charmes,
L'amour a détruit mon erreur,
Et Lycoris du triomphe a l'honneur.

LYCORIS.

La vanité m'avait prêté des armes,

Le dépit n'eſt plus dans mon cœur,
Et l'amour ſeul du triomphe a l'honneur.

Chantés l'amour dans ces retraites,
Nymphes, Sylvains, accourés, Dieux des bois.

MYRTIL.

Venés, bergers, au ſon de vos muſettes,
Venés applaudir à mon choix.

SCÊNE DERNIERE.

MRTYL, LYCORIS, FAUNES, SYLVAINS, NYMPHES & DRYADES, PASTRES & PASTOURELLES.

LE *CHŒUR.*

DE l'Amour célébrons la nouvelle victoire,
Il ſoumet Myrtil à ſes loix,
Et Lycoris en a la gloire:
Applaudiſſons tous à ſon choix.

(On danſe.)

LYCORIS.

Vous que l'amour forma pour plaire,
Jeunes Beautés ſuivés ſes loix ;
Voulés-vous aſſurer vos droits,
Ecoutés, voici le myſtere :
C'eſt ſur l'aîle du deſir,
Qu'un amant vole au plaiſir.

A l'objet qui vous intéreſſe,
Sachés voiler le ſentiment ;
La feinte devient en aimant,
Un éguillon pour la tendreſſe.
C'eſt, *&c.*

L'Amour jaloux de la Couronne
Qu'il deſtine aux plus tendres cœurs,
Pour mettre un prix à ſes faveurs,
Promet toujours plus qu'il ne donne.
C'eſt, *&c.*

(*Entrée de* PASTRES *&* PASTOURELLES.)

MYRTIL.

Amour, quelle folie
De fuir tes nœuds !
Sans toi, dans la vie,
Peut-on être heureux ?

LE *CHŒUR.*

Amour, *&c.*

MYRTIL.

Il faut ſouvent uſer d'adreſſe
Pour toucher un indifférent.

LYCORIS.

Il faut égayer la tendreſſe,
Pour arrêter un inconſtant.

LE *CHŒUR.*

Amour, *&c.*

MYRTYL.

Si l'amour ſourit à vos vœux;
Laiſſés ſon bandeau ſur vos yeux.

LYCORIS.

Mais ſi ce Dieu léger vôle vers d'autres Belles,
Saiſiſſés ſon flambleau pour lui brûler les aîles.

MYRTIL.

Ce Dieu n'eſt plus volage, il ſe fixe en ces lieux.

LYCORIS.

Pour reſſerrer ſa chaîne uniſſons-nous tous deux.

ENSEMBLE avec LE CHŒUR.

Amour, quelle folie
De fuir tes nœuds!
Sans toi dans la vie,
Peut-on être heureux?
Brûlons tous de tes feux.

Un Ballet général termine la Pastorale.

APPROBATION.

J'AI lu, par ordre de Monseigneur le Garde des Sceaux, *MYRTIL ET LYCORIS*, Opéra en un un Acte.
A Paris, ce 26 Novembre 1777.

BRET.

www.ingramcontent.com/pod-product-compliance
Lightning Source LLC
LaVergne TN
LVHW010014230826
846092LV00002B/816

* 9 7 8 2 3 2 9 6 3 9 4 3 7 *